鼯鼠雷那魯是森林裡的魔法師，
他喜歡為玩樂中的孩子施展美妙的魔法。
今天他會遇到誰呢？

神奇魔法棒，變身！

文／玉置永吉

圖／中川貴雄

翻譯／蘇懿禎

咦？小豬正在咚咚咚扮家家酒。
這是施展魔法的好時刻。

「神奇魔法棒，變身！」

哇！發生什麼事呢？

小豬變成了廚師。

主廚推薦

嗶嗶啵啵嗶啵啵披薩　　番茄香腸焗烤義大利麵
咚咚菇菇湯　　　　　　濃純奶香燉飯
包飽飽漢堡　　　　　　垂涎三尺牛排
嗆啦嗆啦咖哩飯　　　　毛豆鍋貼
甜點　　　咖哩布丁　　　巧克力漢堡排

「用番茄醬炒蔬菜和麵條，
搭配白雪般的起司，
烤成金黃色的拿坡里義大利麵。」

往前走一會兒，小象正在唰唰唰玩水。
這是施展魔法的好時刻。

「神奇魔法棒，變身！」

於是……

小象變成了滅火的消防員。
「我是消防隊的象隊員，開始噴水！」

再往前走一會兒，小熊正在嘟嘟嘟玩火車遊戲。
這個時候也要——

「神奇魔法棒，變身！」

小熊變成了城市裡的火車司機。

「下一站是蜂蜜站。嗯，好吃！」

繼續往前走，鱷魚正在嘩啦嘩啦順流而下。
當然還要施展魔法——

「神奇魔法棒，變身！」

鱷魚變成了船長，指揮像山一樣高的大船。
「前方有巨大的岩石！握緊船舵！全速前進！」

再繼續往前走，老鼠正在啪嗒啪嗒捉蝴蝶，流了滿身大汗。
一定也要施展魔法——

「神奇魔法棒，變身！」

老鼠變成了非常聰明的昆蟲博士。

「努力研究，就是要收集各式各樣的寶物呀！」

繼續一直往前走，森林裡一棵最大的樹上，貓咪擺好了姿勢。
來吧！大家一起——

「神奇魔法棒，變身！」

繼續不停往前走，兔子抓著樹藤，正在空中咿呀咿呀晃來晃去。
來吧！大家一起預備——

「神奇魔法棒，變身！」

好厲害！
兔子變成了太空人，飛向滿天的星星。
「我要從這顆星星跳到那顆星星，
還要跳到月亮上搗麻糬！」

雷那魯的魔法，讓大家喜歡的事情變得越來越好玩了！

魔法師雷那魯的神奇魔法，
說不定下次就會發生在你身上哦！

「神奇魔法棒，變身！」

魔法就要發生在你身上嘍！
你想要變成什麼？把它畫下來吧！

雷那魯的魔法棒好厲害，
它讓大家的遊戲變得更好玩了。
你也想要一支專屬自己的魔法棒嗎？
跟著下面的步驟，就能輕鬆完成嘍！

★ 準備工具：色紙1張、鉛筆1枝（也可用吸管、竹筷等取代）、膠帶。

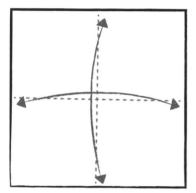

❶ 將色紙上下對齊後對摺；左右對齊後也對摺，再攤平復原。

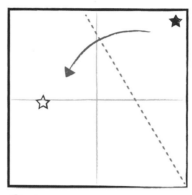

❷ 由右往左，沿著虛線將★摺向☆，摺一個三角形。

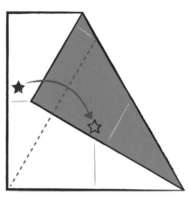

❸ 由左往右，沿著虛線將★摺向☆。

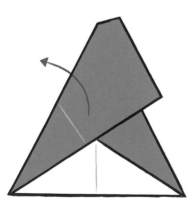

❹ 把色紙左側攤開。

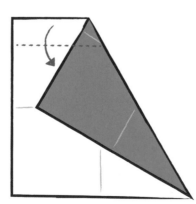

❺ 將色紙上方沿著虛線往下摺。

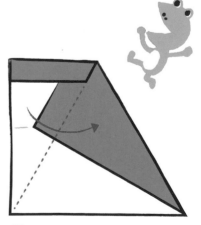

❻ 由左往右沿著虛線摺一個三角形。

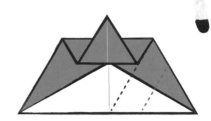

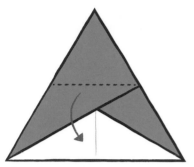

7 沿著紅色虛線往下摺。

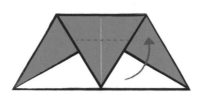

8 沿著藍色虛線反摺。

9 和步驟 **7**、**8** 的摺法相同，先從右往左沿紅色虛線往內摺，再沿藍色虛線反摺。

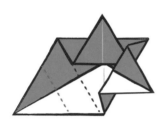

10 和步驟 **7**、**8** 的摺法相同，先從左往右沿紅色虛線往內摺，再沿藍色虛線反摺。

11 將左、右兩邊三角形的一角卡進上方的三角形內，用膠水黏貼固定。

12 翻過來，就是一顆美麗的星星。

13 用膠帶將鉛筆的一端黏貼在星星的背面，魔法棒就完成嘍！

帶著你的魔法棒，
一起和雷那魯進入森林吧！
揮動手中的魔法棒，說出咒語：
「神奇魔法棒，變身！」
哇！會發生什麼事呢？

想像力創造無限可能

　　孩子的世界裡總是充滿了無限想像，一個小小的媒介或是玩具，就可以讓他們在幻想世界中恣意遊走，這是孩子重要的潛能，也是未來世界前進的動力！

　　當你的孩子開始發揮想像力想要變成什麼時，你的回應是什麼呢？除了陪著他天馬行空的幻想外，你也可以把這些想像轉化成孩子未來的藍圖。

　　在《神奇魔法棒，變身！》裡，動物的幻想在魔法師的引導下都變成了具體的內容。現實生活中，如果爸媽能用心觀察孩子的興趣與長處，看見他們的潛能，那麼爸媽就能成為孩子的魔法師，讓孩子對未來充滿希望，快樂自信的探索自己的專長。

　　例如，當孩子開心的唱歌跳舞時，可以為他布置一個小舞臺，讓孩子有被重視的感覺，能夠大方的展現自己；如果孩子喜歡拼圖，可以慢慢引導他自己設計拼圖，讓他的興趣有進一步發展；或是孩子洗澡時愛玩水，可以幫他準備各種漂浮玩具、物品，讓他開始認識科學的概念……

　　世界教育的趨勢是希望達成揚才適性，讓每個孩子都能找到自己的舞臺，而非照著成人安排的劇本演出。成人的角色應該是清楚孩子需求的觀察者與引導者，激發他們的學習動力，在生活中實現想像與創意。

何翩翩
親子教養作家、蒙特梭利親職教育專家

文｜玉置永吉

1980年出生於日本和歌山縣御坊市。一邊上班，一邊從事音樂活動與歌曲作詞，現為繪本作家。最喜歡和小朋友聊聊「想要變成……」的夢想。小時候「想要變成……」的夢想依序是：甜點師、太空刑警、玩具店老闆、玩具設計師、表演藝人、神祕事件偵察員、廚師、功夫達人、馬戲團表演者……許多有趣的夢想靈感，促使他完成這本書，也是他的第一本繪本作品。

圖｜中川貴雄

1979年出生於日本和歌山縣御坊市，大阪設計專門學校視覺設計研究所畢業。畢業後開始從事書籍、廣告等插畫工作，參與「自然而然馬戲團」插畫團體的創作活動；並在日本大阪、東京、和歌山等地方舉辦過多場個人展覽。小時候「想要變成……」的夢想是探險家。繪本作品有《健忘的聖誕老公公》（教育畫劇）、《加法》（白泉社）等。

個人線上作品集：http://ekakino-nakagawa.com/wp/

翻譯｜蘇懿禎

臺北教育大學國民教育學系畢業，日本女子大學兒童文學碩士，目前為東京大學教育學博士候選人。熱愛童趣但不失深邃的文字與圖畫，有時客串中文與外文的中間人，生命都在童書裡漫步。夢想成為一位童書圖書館館長，現在正在前往夢想的路上。

在小熊出版的翻譯作品有「媽媽變成鬼了！」系列、「我要當假面騎士！」系列、《我和我的冠軍甲蟲》、《咚咚咚，下一個是誰？》、《迷路的小犀牛》、《媽媽一直在你身邊》、《比一比，誰最長？》、《偷朋友的小偷》、《我和阿柴出生在同一天》、《我們都好棒！》、《出生前就決定好》、《找一找，鼴鼠的家》、《被罵了，怎麼辦？》、《廚房用具大作戰》等。

精選圖畫書

神奇魔法棒，變身！ 文／玉置永吉　圖／中川貴雄　翻譯／蘇懿禎

總編輯：鄭如瑤｜責任編輯：王靜慧｜美術編輯：莊芯媚｜行銷副理：塗幸儀

社長：郭重興｜發行人兼出版總監：曾大福
業務平臺總經理：李雪麗｜業務平臺副總經理：李復民
海外業務協理：張鑫峰｜特販業務協理：陳綺瑩｜實體業務經理：林詩富
印務經理：黃禮賢｜印務主任：李孟儒
出版與發行：小熊出版・遠足文化事業股份有限公司
地址：231 新北市新店區民權路 108-2 號 9 樓
電話：02-22181417｜傳真：02-86671851
客服專線：0800-221029｜客服信箱：service@bookrep.com.tw
劃撥帳號：19504465｜戶名：遠足文化事業股份有限公司
Facebook：小熊出版｜E-mail：littlebear@bookrep.com.tw
讀書共和國出版集團網路書店：http://www.bookrep.com.tw
團體訂購請洽業務部：02-2218-1417 分機 1132、1520

法律顧問：華洋法律事務所／蘇文生律師｜印製：凱林彩印股份有限公司
初版一刷：2021 年 1 月｜定價：320 元｜ISBN：978-986-5503-94-9

NANNIDEMO RENARU! By Eikichi Tamaki, Takao Nakagawa
Copyright ©2017 Takao NAKAGAWA & Eikichi TAMAKI
All rights reserved. Original Japanese edition published by Kyoiku Gageki Co.,Ltd.
Traditional Chinese translation copyright © 2021 byWalkers Cultural Co., Ltd./Little Bear Books
This Traditional Chinese edition published by arrangement with Kyoiku Gageki Co.,Ltd.
through Honno Kizuna, Inc., Tokyo, and Future View Technology Ltd.

國家圖書館出版品預行編目 (CIP) 資料

神奇魔法棒，變身！／玉置永吉文；中川貴雄圖；蘇懿禎翻譯 . -- 初版 . -- 新北市：小熊出版：遠足文化發行，2021.01
36 面；26.3×21.5 公分 . --（精選圖畫書）
ISBN 978-986-5503-94-9（精裝）

861.599　　　　　　　　　109020776

小熊出版官方網頁　小熊出版讀者回函